I0567037

La Petite Sirène

Livres par HANS CHRISTIAN ANDERSEN
Publié par Hythloday Press
avec des illustrations originales

La Reine des Nieges

Le vilain petit Canard

La Petite Siréne
avec des illustrations originales

————

Hans Christian Andersen

Illustré par
Vilhelm Pedersen
Helen Stratton

Traduit per
David Soldi

2014

Image de couverture: *La Petite Siréne,* Edmund Dulac, 1911

La Petite Siréne (*Den lille havfrue*) a d'abord été publié, avec
les illustrations de Pedersen, en 1836. La traduction de David Soldi
est apparu dans *Contes d'Andersen,* 1867. Illustrations de Helen
Stratton ont d'abord été publiés dans *Les contes de fées de Hans
Christian Anderson,* 1899.

Les illustrations de Pedersen apparaissent sur les pages 5, 10, 24, 45, et 64.
Tous les autres illustrations sont de Stratton.

Copyright © 2014 Hythloday presse. Alors que les œuvres originales
en ce volume sont dans le domaine public, les particularités de cette
édition ne peut être reproduit, affiché, modifié ou distribué sans
l'autorisation écrite préalable du titulaire du droit d'auteur.

La Petite Sirène

La Petite Sirène

BIEN LOIN DANS LA MER, l'eau est bleue comme les feuilles des bluets, pure comme le verre le plus transparent, mais si profonde qu'il serait inutile d'y jeter l'ancre, et qu'il faudrait y entasser une quantité infinie de tours d'églises les unes sur les autres pour mesurer la distance du fond à la surface.

C'est là que demeure le peuple de la mer. Mais n'allez pas croire que ce fond se compose seulement de sable blanc; non, il y croît des plantes et des arbres bizarres, et si souples, que le moindre mouvement de l'eau les fait s'agiter comme s'ils étaient vivants. Tous les poissons, grands et petits, vont et viennent entre les branches comme les oiseaux dans l'air. À l'endroit le plus profond se trouve le château du roi de la mer, dont les murs sont de corail, les fenêtres de bel ambre jaune, et le toit de coquillages qui s'ouvrent et se ferment pour recevoir l'eau ou pour la rejeter. Chacun de ces coquillages referme des perles brillantes dont la moindre ferait honneur à la couronne d'une reine.

Depuis plusieurs années le roi de la mer était veuf, et sa vieille mère dirigeait sa maison. C'était une femme spirituelle, mais si fière de son rang, qu'elle portait douze huîtres à sa queue tandis que les autres grands personnages n'en portaient que six. Elle méritait des éloges pour les soins qu'elle prodiguait à ses six petites filles, toutes princesses charmantes. Cependant la plus jeune était plus belle encore que les autres; elle avait la peau douce et diaphane comme une

feuille de rose, les yeux bleus comme un lac profond;
mais elle n'avait pas de pieds: ainsi que ses sœurs, son
corps se terminait par une queue de poisson.

Toute la journée, les enfants jouaient dans les
grandes salles du château, où des fleurs vivantes poussaient sur les murs. Lorsqu'on ouvrait les fenêtres
d'ambre jaune, les poissons y entraient comme chez
nous les hirondelles, et ils mangeaient dans la main
des petites sirènes qui les caressaient. Devant le châ-

teau était un grand jardin avec des arbres d'un bleu
sombre ou d'un rouge de feu. Les fruits brillaient

comme de l'or, et les fleurs, agitant sans cesse leur tige et leurs feuilles, ressemblaient à de petites flammes. Le sol se composait de sable blanc et fin, et une lueur bleue merveilleuse, qui se répandait partout, aurait fait croire qu'on était dans l'air, au milieu de l'azur du ciel, plutôt que sous la mer. Les jours de calme, on pouvait apercevoir le soleil, semblable à une petite fleur de pourpre versant la lumière de son calice.

Chacune des princesses avait dans le jardin son petit terrain, qu'elle pouvait cultiver selon son bon plaisir. L'une lui donnait la forme d'une baleine, l'autre celle d'une sirène; mais la plus jeune fit le sien rond comme le soleil, et n'y planta que des fleurs rouges comme lui. C'était une enfant bizarre, silencieuse et réfléchie. Lorsque ses sœurs jouaient avec dif-

férents objets provenant des bâtiments naufragés, elle

s'amusait à parer une jolie statuette de marbre blanc,

représentant un charmant petit garçon, placée sous

un saule pleureur magnifique, couleur de rose, qui la

couvrait d'une ombre violette. Son plus grand plaisir

consistait à écouter des récits sur le monde où vivent

les hommes. Toujours elle priait sa vieille grand'mère de lui parler des vaisseaux, des villes, des hommes et des animaux.

Elle s'étonnait surtout que sur la terre les fleurs exhalassent un parfum qu'elles n'ont pas sous les eaux de la mer, et que les forêts y fussent vertes.

Elle ne pouvait pas s'imaginer comment les poissons chantaient et sautillaient sur les arbres. La grand'mère appelait les petits oiseaux despoissons; sans quoi elle ne se serait pas fait comprendre.

« Lorsque vous aurez quinze ans, dit la grand'mère, je vous donnerai la permission de monter à la surface de la mer et de vous asseoir au clair de la lune sur des rochers, pour voir passer les grands vaisseaux et faire connaissance avec les forêts et les villes. »

L'année suivante, l'aînée des sœurs allait atteindre sa quinzième année, et comme il n'y avait qu'une année de différence entre chaque sœur, la plus jeune devait encore attendre cinq ans pour sortir du fond de la mer. Mais l'une promettait toujours à l'autre de lui faire le récit des merveilles qu'elle aurait vues à sa première sortie; car leur grand'mère ne parlait jamais assez, et il y avait tant de choses qu'elles brûlaient de savoir!

La plus curieuse, c'était certes la plus jeune; souvent, la nuit, elle se tenait auprès de la fenêtre ouverte, cherchant à percer de ses regards l'épaisseur de l'eau bleue que les poissons battaient de leurs nageoires et de leur queue. Elle aperçut en effet la lune et les étoiles, mais elles lui paraissaient toutes pâles et considérablement grossies par l'eau.

Lorsque quelque nuage noir les voilait, elle savait

que c'était une baleine ou un navire chargé d'hommes qui nageait au-dessus d'elle. Certes, ces hommes ne pensaient pas qu'une charmante petite sirène étendait au-dessous d'eux ses mains blanches vers la carène.

Le jour vint où la princesse aînée atteignit sa quinzième année, et elle monta à la surface de la mer.

À son retour, elle avait mille choses à raconter. « Oh! disait-elle, c'est délicieux de voir, étendue au clair de la lune sur un banc de sable, au milieu de la mer calme, les rivages de la grande ville où les lumières brillent comme des centaines d'étoiles; d'entendre la musique harmonieuse, le son des cloches des églises, et tout ce bruit d'hommes et de voitures! »

Oh! comme sa petite sœur l'écoutait attentivement! Tous les soirs, debout à la fenêtre ouverte, regardant à travers l'énorme masse d'eau, elle rêvait à la grande ville, à son bruit et à ses lumières, et croyait entendre sonner les cloches tout près d'elle.

L'année suivante, la seconde des sœurs reçut la permission de monter. Elle sortit sa tête de l'eau au moment où le soleil touchait à l'horizon, et la magnificence de ce spectacle la ravit au dernier point.

« Tout le ciel, disait-elle à son retour, ressemblait à de l'or, et la beauté des nuages était au-dessus de tout ce qu'on peut imaginer. Ils passaient devant moi, rouges et violets, et au milieu d'eux volait vers le soleil, comme un long voile blanc, une bande de cygnes sauvages. Moi aussi j'ai voulu nager vers le grand astre rouge; mais tout à coup il a disparu, et la lueur rose qui teignait la surface de la mer ainsi que les nuages s'évanouit bientôt. »

Puis vint le tour de la troisième sœur. C'était la plus hardie, aussi elle remonta le cours d'un large fleuve. Elle vit d'admirables collines plantées de vignes, de châteaux et de fermes situés au milieu de forêts superbes. Elle entendit le chant des oiseaux, et la chaleur du soleil la força à se plonger plusieurs fois dans l'eau pour rafraîchir sa figure. Dans une baie, elle rencontra une foule de petits êtres humains qui jouaient en se baignant. Elle voulut jouer avec eux,

mais ils se sauvèrent tout effrayés, et un animal noir—
c'était un chien—se mit à aboyer si terriblement
qu'elle fut prise
de peur et regag-
na promptement

la pleine mer. Mais jamais elle ne put oublier les
superbes forêts, les collines vertes et les gentils enfants qui savaient nager, quoiqu'ils n'eussent point
de queue de poisson.

La quatrième sœur, qui était moins hardie, aima
mieux rester au milieu de la mer sauvage, où la vue
s'étendait à plusieurs lieues, et où le ciel s'arrondissait
au-dessus de l'eau comme une grande cloche de verre.

Elle apercevait de loin les navires, pas plus grands que des mouettes; les dauphins joyeux faisaient des culbutes, et les baleines colossales lançaient des jets d'eau de leurs narines.

Le tour de la cinquième arriva; son jour tomba précisément en hiver: aussi vit-elle ce que les autres n'avaient pas encore pu voir. La mer avait une teinte verdâtre, et partout nageaient, avec des formes bizarres, et brillantes comme des diamants, des montagnes de glace. « Chacune d'elles, disait la voyageuse, ressemble à une perle plus grosse que les tours d'église que bâtissent les hommes. » Elle s'était assise sur une des plus grandes, et tous les navigateurs se sauvaient de cet endroit où elle abandonnait sa longue chevelure au gré des vents. Le soir, un orage couvrit le ciel de nuées; les éclairs brillèrent, le tonnerre gronda, tandis que la mer, noire et agitée, élevant les grands monceaux de glace, les faisait briller de l'éclat rouge des éclairs. Toutes les voiles furent serrées, la terreur

se répandit partout; mais elle, tranquillement assise sur sa montagne de glace, vit la foudre tomber en zig-zag sur l'eau luisante.

La première fois qu'une des sœurs sortait de l'eau, elle était toujours enchantée de toutes les nouvelles choses qu'elle apercevait; mais, une fois grandie, lorsqu'elle pouvait monter à loisir, le charme disparaissait, et elle disait au bout d'un mois qu'en bas tout était bien plus gentil, et que rien ne valait son chez-soi.

Souvent, le soir, les cinq sœurs, se tenant par le bras, montaient ainsi à la surface de l'eau. Elles avaient des voix enchanteresses comme nulle créature humaine, et, si par hasard quelque orage leur faisait croire qu'un navire allait sombrer, elles nageaient devant lui et entonnaient des chants magnifiques sur la beauté du fond de la mer, invitant les marins à leur rendre visite. Mais ceux-ci ne pouvaient comprendre les paroles des sirènes, et ils ne virent jamais les magnificences qu'elles célébraient; car, aussitôt le navire englouti, les hommes se noyaient, et leurs cadavres seuls arrivaient au château du roi de la mer.

Pendant l'absence de ses cinq sœurs, la plus jeune, restée seule auprès de la fenêtre, les suivait du regard et avait envie de pleurer. Mais une sirène n'a point de larmes, et son cœur en souffre davantage.

« Oh! si j'avais quinze ans! disait-elle, je sens déjà combien j'aimerais le monde d'en haut et les hommes qui l'habitent. »

Le jour vint où elle eut quinze ans.

« Tu vas partir, lui dit sa grand'mère, la vieille reine douairière: viens que je fasse ta toilette comme à tes sœurs. »

Et elle posa sur ses cheveux une couronne de lis blancs dont chaque feuille était la moitié d'une perle; puis elle fit attacher à la queue de la princesse huit grandes huîtres pour désigner, son rang élevé.

« Comme elles me font mal! dit la petite sirène.

—Si l'on veut être bien habillée, il faut souffrir un peu, » répliqua la vieille reine.

Cependant la jeune fille aurait volontiers rejeté tout ce luxe et la lourde couronne qui pesait sur sa tête. Les fleurs rouges de son jardin lui allaient beaucoup mieux; mais elle n'osa pas faire d'observations.

« Adieu! » dit-elle; et, légère comme une bulle de savon, elle traversa l'eau.

Lorsque sa tête apparut à la surface de la mer, le soleil venait de se coucher; mais les nuages brillaient encore comme des roses et de l'or, et l'étoile du soir étincelait au milieu du ciel. L'air était doux et frais, la mer paisible. Près de la petite sirène se trouvait un navire à trois mâts; il n'avait qu'une voile dehors, à cause du calme, et les matelots étaient assis sur les vergues et sur les cordages. La musique et les chants y

résonnaient sans cesse, et à l'approche de la nuit on alluma cent lanternes de diverses couleurs suspendues aux cordages: on aurait cru voir les pavillons de toutes les nations. La petite sirène nagea jusqu'à la fenêtre de la grande chambre, et, chaque fois que l'eau la soulevait, elle apercevait à travers les vitres transparentes une quantité d'hommes magnifiquement habillés. Le plus beau d'entre eux était un jeune prince aux grands cheveux noirs, âgé d'environ seize ans, et c'était pour célébrer sa fête que tous ces préparatifs avaient lieu.

Les matelots dansaient sur le pont, et lorsque le jeune prince s'y montra, cent fusées s'élevèrent dans les airs, répandant une lumière comme celle du jour. La petite sirène eut peur et s'enfonça dans l'eau; mais bientôt elle reparut, et alors toutes les étoiles du ciel semblèrent pleuvoir sur elle. Jamais elle n'avait vu un pareil feu d'artifice; de grands soleils tournaient, des poissons de feu fendaient l'air, et toute la mer, pure et calme, brillait. Sur le navire on pouvait voir chaque petit cordage, et encore mieux les hommes. Oh! que le jeune prince était beau! Il serrait la main à tout le monde, parlait et souriait à chacun tandis que la musique envoyait dans la nuit ses sons harmonieux.

Il était tard, mais la petite sirène ne put se lasser d'admirer le vaisseau et le beau prince. Les lanternes ne brillaient plus et les coups de canon avaient cessé; toutes les voiles furent successivement déployées et le vaisseau s'avança rapidement sur l'eau. La princesse le suivit, sans détourner un instant ses regards de la fenêtre. Mais bientôt la mer commença à s'agiter; les vagues grossissaient, et de grands nuages noirs s'amoncelaient dans le ciel. Dans le lointain brillaient les éclairs, un orage terrible se préparait. Le vaisseau se balançait sur la mer impétueuse, dans une marche rapide. Les vagues, se dressant comme de hautes montagnes, tantôt le faisaient rouler entre elles comme un cygne, tantôt l'élevaient sur leur cime. La petite sirène se plut d'abord à ce voyage accidenté; mais, lorsque le vaisseau, subissant de violentes secousses, commença à craquer, lorsque tout à coup le mât se brisa comme un jonc, et que le vaisseau se pencha d'un côté tandis que l'eau pénétrait dans la cale, alors elle comprit le danger, et elle dut prendre garde elle-même aux poutres et aux débris qui se détachaient du bâtiment.

Par moments il se faisait une telle obscurité, qu'elle ne distinguait absolument rien; d'autres fois, les éclairs lui rendaient visibles les moindres détails de cette scène. L'agitation était à son comble sur le navire; encore une secousse! il se fendit tout à fait, et elle vit le jeune prince s' engloutir dans la mer profonde. Transportée de joie, elle crut qu'il allait descendre dans sa demeure; mais elle se rappela que les hommes ne peuvent vivre dans l'eau, et que par conséquent il arriverait mort au château de son père.

Alors, pour le sauver, elle traversa à la nage les poutres et les planches éparses sur la mer, au risque de se faire écraser, plongea profondément sous l'eau à plusieurs reprises, et ainsi elle arriva jusqu'au jeune prince, au moment où ses forces commençaient à l'abandonner et où il fermait déjà les yeux, près de mourir. La petite sirène le saisit, soutint sa tête au-dessus de l'eau, puis s'abandonna avec lui au caprice des vagues.

Le lendemain matin, le beau temps était revenu, mais il ne restait plus rien du vaisseau. Un soleil rouge, aux rayons pénétrants, semblait rappeler la vie sur les joues du prince; mais ses yeux restaient toujours fermés. La sirène déposa un baiser sur son front et releva ses cheveux mouillés. Elle lui trouva une ressemblance avec la statue de marbre de son petit jardin, et fit des vœux pour son salut. Elle passa devant la terre ferme, couverte de hautes montagnes bleues à la cime desquelles brillait la neige blanche. Au pied de la côte, au milieu d'une superbe forêt verte, s'étendait un village avec une église ou un couvent. En dehors des portes s'élevaient de grands palmiers, et dans les

jardins croissaient des orangers et des citronniers; non loin de cet endroit, la mer formait un petit golfe, s'allongeant jusqu'à un rocher couvert d'un sable fin et blanc. C'est là que la sirène déposa le prince, ayant soin de lui tenir la tête haute et de la présenter aux rayons du soleil.

Bientôt les cloches de l'église commencèrent à sonner, et une quantité de jeunes filles apparurent dans un des jardins. La petite sirène s'éloigna en nageant, et se cacha derrière quelques grosses pierres pour observer ce qui arriverait au pauvre prince.

Quelques moments après, une des jeunes filles vint à passer devant lui; d'abord, elle parut s'effrayer, mais,

se remettant aussitôt, elle courut chercher d'autres personnes qui prodiguèrent au prince toute espèce de soins. La sirène le vit reprendre ses sens et sourire à tous ceux qui l'entouraient; à elle seule il ne sourit pas, ignorant qui l'avait sauvé. Aussi, lorsqu'elle le vit conduire dans une grande maison, elle plongea tristement et retourna au château de son père.

Elle avait toujours été silencieuse et réfléchie; à partir de ce jour, elle le devint encore davantage. Ses sœurs la questionnèrent sur ce qu'elle avait vu là-haut, mais elle ne raconta rien.

Plus d'une fois, le soir et le matin, elle retourna à l'endroit où elle avait laissé le prince. Elle vit mûrir les fruits du jardin, elle vit fondre la neige sur les hautes montagnes, mais elle ne vit pas le prince; et elle retournait toujours plus triste au fond de la mer. Là, sa seule consolation était de s'asseoir dans son petit jardin et d'entourer de ses bras la jolie statuette de marbre qui ressemblait au prince, tandis que ses fleurs négligées, oubliées, s'allongeaient dans les allées comme dans un lieu sauvage, entrelaçaient leurs longues tiges dans les branches des arbres, et formaient ainsi des voûtes épaisses qui obstruaient la lumière.

Enfin cette existence lui devint insupportable; elle confia tout à une de ses sœurs, qui le raconta aussitôt aux autres, mais à elles seules et à quelques autres sirènes qui ne le répétèrent qu'à leurs amies intimes. Il se trouva qu'une de ces dernières, ayant vu aussi la fête célébrée sur le vaisseau, connaissait le prince et savait l'endroit où était situé son royaume.

« Viens, petite sœur, » dirent les autres princesses; et, s'entrelaçant les bras sur les épaules, elles s'élevèrent en file sur la mer devant le château du prince.

Ce château était construit de pierres jaunes et luisantes; de grands escaliers de marbre conduisaient à l'intérieur et au jardin; plusieurs dômes dorés bril-

laient sur le toit, et entre les colonnes des galeries se
trouvaient des statues de marbre qui paraissaient vivantes. Les salles, magnifiques, étaient ornées de ride-
aux et de tapis incomparables, et les murs couverts
de grandes peintures. Dans le grand salon, le soleil
réchauffait, à travers un plafond de cristal, les plantes
les plus rares, qui poussaient dans un grand bassin au-
dessous de plusieurs jets d'eau.

Dès lors, la petite sirène revint souvent à cet endroit, la nuit comme le jour; elle s'approchait de la
côte, et osait même s'asseoir sous le grand balcon de
marbre qui projetait son ombre bien avant sur les
eaux. De là, elle voyait au clair de la lune le jeune
prince, qui se croyait seul; souvent, au son de la musique, il passa devant elle dans un riche bateau pa-
voisé, et ceux qui apercevaient son voile blanc dans

les roseaux verts la prenaient pour un cygne ouvrant ses ailes.

Elle entendait aussi les pêcheurs dire beaucoup de bien du jeune prince, et alors elle se réjouissait de lui avoir sauvé la vie, quoiqu'il l'ignorât complètement. Son affection pour les hommes croissait de jour en jour, de jour en jour aussi elle désirait davantage s'élever jusqu'à eux. Leur monde lui semblait bien plus vaste que le sien; ils savaient franchir la mer avec des navires, grimper sur les hautes montagnes au delà des nues; ils jouissaient d'immenses forêts et de champs verdoyants. Ses sœurs ne pouvant satisfaire toute sa curiosité, elle questionna sa vieille grand'mère, qui connaissait bien le monde plus élevé, celui qu'elle appelait à juste titre les pays au-dessus de la mer.

« Si les hommes ne se noient pas, demanda la jeune princesse, est-ce qu'ils vivent éternellement? Ne meurent-ils pas comme nous?

—Sans doute, répondit la vieille, ils meurent, et leur existence est même plus courte que la nôtre. Nous autres, nous vivons quelquefois trois cents ans; puis, cessant d'exister, nous nous transformons en écume, car au fond de la mer ne se trouvent point de tombes pour recevoir les corps inanimés. Notre âme n'est pas immortelle; avec la mort tout est fini. Nous sommes comme les roseaux verts: une fois coupés, ils ne verdissent plus jamais! Les hommes, au contraire, possèdent une âme qui vit éternellement, qui vit après que leur corps s'est changé en poussière; cette âme monte à travers la subtilité de l'air jusqu'aux étoiles qui brillent, et, de même que nous nous élevons du fond des eaux pour voir le pays des hommes, ainsi eux s'élèvent à de délicieux endroits, immenses, inaccessibles aux peuples de la mer.

—Mais pourquoi n'avons-nous pas aussi une âme immortelle? dit la petite sirène affligée; je donnerais volontiers les centaines d'années qui me restent à vivre pour être homme, ne fût-ce qu'un jour, et participer ensuite au monde céleste.

—Ne pense pas à de pareilles sottises, répliqua la

vieille; nous sommes bien plus heureux ici en bas que les hommes là-haut.

—Il faut donc un jour que je meure; je ne serai plus qu'un peu d'écume; pour moi plus de murmure des vagues, plus de fleurs, plus de soleil! N'est-il donc aucun moyen pour moi d'acquérir une âme immortelle?

—Un seul, mais à peu près impossible. Il faudrait qu'un homme conçût pour toi un amour infini, que tu lui devinsses plus chère que son père et sa mère. Alors, attaché à toi de toute son âme et de tout son cœur, s'il faisait unir par un prêtre sa main droite à la tienne en promettant une fidélité éternelle, son âme se communiquerait à ton corps, et tu serais admise au bonheur des hommes. Mais jamais une telle chose ne pourra se faire! Ce qui passe ici dans la mer pour la plus grande beauté, ta queue de poisson, ils la trouvent détestable sur la terre. Pauvres hommes! Pour être beaux, ils s'imaginent qu'il leur faut deux supports grossiers, qu'ils appellent jambes! »

La petite sirène soupira tristement en regardant sa queue de poisson.

« Soyons gaies! dit la vieille, sautons et amusons-nous le plus possible pendant les trois cents années de notre existence; c'est, ma foi, un laps de temps assez gentil, nous nous reposerons d'autant mieux après. Ce soir il y a bal à la cour. »

On ne peut se faire une idée sur la terre d'une pareille magnificence. La grande salle de danse tout entière n'était que de cristal; des milliers de coquillages énormes, rangés de chaque côté, éclairaient la salle d'une lumière bleuâtre, qui, à travers les murs transparents, illuminait aussi la mer au dehors. On y voyait nager d'innombrables poissons, grands et petits, couverts d'écailles luisantes comme de la pourpre, de l'or et de l'argent.

Au milieu de la salle coulait une large rivière sur laquelle dansaient les dauphins et les sirènes, au son de leur propre voix, qui était superbe. La petite sirène fut celle qui chanta le mieux, et on l'applaudit si fort, que pendant un instant la satisfaction lui fit oublier les merveilles de la terre. Mais bientôt elle reprit ses anciens chagrins, pensant au beau prince et à son âme immortelle. Elle quitta le chant et les rires, sortit tout doucement du château, et s'assit dans son petit jardin. Là, elle entendit le son des cors qui pénétrait l'eau.

« Le voilà qui passe, celui que j'aime de tout mon cœur et de toute mon âme, celui qui occupe toutes

mes pensées, à qui je voudrais confier le bonheur de
ma vie! Je risquerais tout pour lui et pour gagner une
âme immortelle. Pendant que mes sœurs dansent
dans le château de mon père, je vais aller trouver la
sorcière de la mer, que j'ai tant eue en horreur jusqu'à
ce jour. Ellepourra peut-être me donner des conseils
et me venir en aide. »

Et la petite sirène, sortant de son jardin, se dirigea
vers les tourbillons mugissants derrière lesquels deme-
urait la sorcière. Jamais elle n'avait suivi ce chemin.
Pas une fleur ni un brin d'herbe n'y poussait. Le fond,
de sable gris et nu, s'étendait jusqu'à l'endroit où l'eau,
comme des meules de moulin, tournait rapidement sur
elle-même, engloutissant tout ce qu'elle pouvait attra-
per. La princesse se vit obligée de traverser ces terribles
tourbillons pour arriver aux domaines de la sorcière,

dont la maison s'élevait au milieu d'une forêt étrange. Tous les arbres et tous les buissons n'étaient que des polypes, moitié animaux, moitié plantes, pareils à des serpents à cent têtes sortant de terre. Les branches

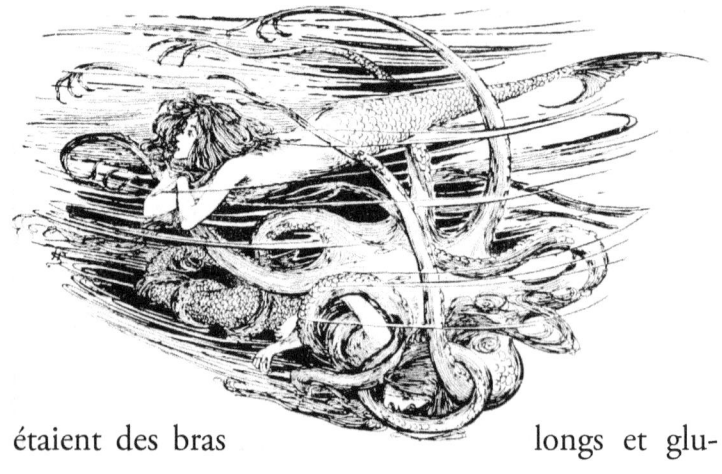

étaient des bras   longs et glu-ants, terminés par des doigts en forme de vers, et qui remuaient continuellement. Ces bras s'enlaçaient sur tout ce qu'ils pouvaient saisir, et ne le lâchaient plus.

La petite sirène, prise de frayeur, aurait voulu s'en retourner; mais en pensant au prince et à l'âme de l'homme, elle s'arma de tout son courage. Elle attacha autour de sa tête sa longue chevelure flottante, pour que les polypes ne pussent la saisir, croisa ses bras sur sa poitrine, et nagea ainsi, rapide comme un poisson, parmi ces vilaines créatures dont chacune serrait comme avec des liens de fer quelque chose entre ses bras, soit des squelettes blancs de naufragés, soit des rames, soit des caisses ou des carcasses d'animaux. Pour comble d'effroi, la princesse en vit une qui enlaçait une petite sirène étouffée.

Enfin elle arriva à une grande place dans la forêt, où de gros serpents de mer se roulaient en montrant leur hideux ventre jaunâtre. Au milieu de cette place se trouvait la maison de la sorcière, construite avec les os des naufragés, et où la sorcière, assise sur une grosse pierre, donnait à manger à un crapaud dans sa main, comme les hommes font manger du sucre aux petits canaris. Elle appelait les affreux serpents ses petits poulets, et se plaisait à les faire rouler sur sa grosse poitrine spongieuse.

« Je sais ce que tu veux, s'écria-t-elle en apercevant la princesse; tes désirs sont stupides; néanmoins je m'y prêterai, car je sais qu'ils te porteront malheur. Tu veux te débarrasser de ta queue de poisson, et la remplacer par deux de ces pièces avec lesquelles marchent les hommes, afin que le prince s'amourache de toi, t'épouse et te donne une âme immortelle. »

À ces mots elle éclata d'un rire épouvantable, qui fit tomber à terre le crapaud et les serpents.

« Enfin tu as bien fait de venir; demain, au lever du soleil, c'eût été trop tard, et il t'aurait, fallu attendre encore une année. Je vais te préparer un élixir que

tu emporteras à terre avant le point du jour. Assieds-toi sur la côte, et bois-le.

Aussitôt ta queue se rétrécira et se partagera en ce que les hommes appellent deux belles jambes.

Mais je te préviens que cela te fera souffrir comme si l'on te coupait avec une épée tranchante. Tout le monde admirera ta beauté, tu conserveras ta marche légère et gracieuse, mais chacun de tes pas te causera autant de douleur que si tu marchais sur des pointes d'épingle, et fera couler ton sang. Si tu veux endurer toutes ces souffrances, je consens à t'aider.

—Je les supporterai! dit la sirène d'une voix tremblante, en pensant au prince et à l'âme immortelle.

—Mais souviens-toi, continua la sorcière, qu'une fois changée en être humain, jamais tu ne pourras redevenir sirène! Jamais tu ne reverras le château de ton père; et si le prince, oubliant son père et sa mère, ne s'attache pas à toi de tout son cœur et de toute son âme, ou s'il ne veut pas faire bénir votre union par un prêtre, tu n'auras jamais une âme immortelle. Le jour où il épousera une autre femme, ton cœur se brisera, et tu ne seras plus qu'un peu d'écume sur la cime des vagues.

—J'y consens, dit la princesse, pâle comme la mort.

—En ce cas, poursuivit la sorcière, il faut aussi que tu me payes; et je ne demande pas peu de chose. Ta voix est la plus belle parmi celles du fond de la mer, tu penses avec elle enchanter le prince, mais c'est précisément ta voix que j'exige en payement. Je veux ce que tu as de plus beau en échange de mon précieux élixir; car, pour le rendre bien efficace, je dois y verser mon propre sang.

—Mais si tu prends ma voix, demanda la petite sirène, que me restera-t-il?

—Ta charmante figure, répondit la sorcière, ta marche légère et gracieuse, et tes yeux expressifs: cela suffit pour entortiller le cœur d'un homme. Allons! du courage! Tire ta langue, que je la coupe, puis je te donnerai l'élixir.

—Soit! » répondit la princesse, et la sorcière lui coupa la langue. La pauvre enfant resta muette.

Là-dessus, la sorcière mit son chaudron sur le feu pour faire bouillir la boisson magique.

« La propreté est une bonne chose, » dit-elle en prenant un paquet de vipères pour nettoyer le chaudron. Puis, se faisant une entaille dans la poitrine, elle laissa couler son sang noir dans le chaudron.

Une vapeur épaisse en sortit, formant des figures bizarres, affreuses. À chaque instant, la vieille ajoutait un nouvel ingrédient, et, lorsque le mélange bouillit à gros bouillons, il rendit un son pareil aux gémissements du crocodile. L'élixir, une fois préparé, ressemblait à de l'eau claire.

« Le voici, dit la sorcière, après l'avoir versé dans une fiole. Si les polypes voulaient te saisir, quand tu t'en retourneras par ma forêt, tu n'as qu'à leur jeter une goutte de cette boisson, et ils éclateront en mille morceaux. »

Ce conseil était inutile; car les polypes, en apercevant l'élixir qui luisait dans la main de la princesse comme une étoile, reculèrent effrayés devant elle. Ainsi elle traversa la forêt et les tourbillons mugissants.

Quand elle arriva au château de son père, les lumières de la grande salle de danse étaient éteintes; tout le monde dormait sans doute, mais elle n'osa pas entrer. Elle ne pouvait plus leur parler, et bientôt elle allait les quitter pour jamais. Il lui semblait que son cœur se brisait de chagrin. Elle se glissa ensuite dans le jardin, cueillit une fleur de chaque parterre de ses sœurs, envoya du bout des doigts mille baisers au château, et monta à la surface de la mer.

Le soleil ne s'était pas encore levé lorsqu'elle vit le château du prince. Elle s'assit sur la côte et but l'élixir; ce fut comme si une épée affilée lui traversait le corps; elle s'évanouit et resta comme morte. Le soleil brillait déjà sur la mer lorsqu'elle se réveilla, éprouvant

une douleur cuisante. Mais en face d'elle était le beau prince, qui attachait sur elle ses yeux noirs. La petite sirène baissa les siens, et alors elle vit que sa queue de poisson avait disparu, et que deux jambes blanches et gracieuses la remplaçaient.

Le prince lui demanda qui elle était et d'où elle venait; elle le regarda d'un air doux et affligé, sans pouvoir dire un mot. Puis le jeune homme la prit par la main et la conduisit au château. Chaque pas, comme avait dit la sorcière, lui causait des douleurs atroces; cependant, au bras du prince, elle monta l'escalier de marbre, légère comme une bulle de savon, et tout le monde admira sa marche gracieuse. On la revêtit de soie et de mousseline, sans pouvoir assez admirer sa beauté; mais elle restait toujours muette. Des esclaves, habillées de soie et d'or, chantaient devant le prince les exploits de ses ancêtres; elles chantaient bien, et le prince les applaudissait en souriant à la jeune fille.

« S'il savait, pensa-t-elle, que pour lui j'ai sacrifié une voix plus belle encore! »

Après le chant, les esclaves exécutèrent une danse gracieuse au son d'une musique charmante. Mais lorsque la petite sirène se mit à danser, élevant ses bras blancs et se tenant sur la pointe des pieds, sans touch-

er presque le plancher, tandis que ses yeux parlaient

au cœur mieux que le chant des esclaves, tous furent

ravis en extase; le prince s'écria qu'elle ne le quitterait jamais, et lui permit de dormir à sa porte sur un coussin de velours. Tout le monde ignorait les souffrances qu'elle avait endurées en dansant.

Le lendemain, le prince lui donna un costume d'amazone pour qu'elle le suivît à cheval. Ils traversèrent ainsi les forêts parfumées et gravirent les hautes montagnes; la princesse, tout en riant, sentait saigner ses pieds.

La nuit, lorsque les autres dormaient, elle descendit secrètement l'escalier de marbre et se rendit à la côte pour rafraîchir ses pieds brûlants dans l'eau froide de la mer, et le souvenir de sa patrie revint à son esprit.

Une nuit, elle aperçut ses sœurs se tenant par la main; elles chantaient si tristement en nageant, que la petite sirène ne put s'empêcher de leur faire signe. L'ayant reconnue, elles lui racontèrent combien elle leur avait causé de chagrin. Toutes les nuits elles

revinrent, et une fois elles amenèrent aussi la vieille grand'mère, qui depuis nombre d'années n'avait pas mis la tête hors de l'eau, et le roi de la mer avec sa couronne de corail. Tous les deux étendirent leurs mains vers leur fille; mais ils n'osèrent pas, comme ses sœurs, s'approcher de la côte.

Tous les jours le prince l'aimait de plus en plus, mais il l'aimait comme on aime une enfant bonne et gentille, sans avoir l'idée d'en faire sa femme. Cependant, pour qu'elle eût une âme immortelle et qu'elle ne devînt pas un jour un peu d'écume, il fallait que le prince épousât la sirène.

« Ne m'aimes-tu pas mieux que toutes les autres? voilà ce que semblaient dire les yeux de la pauvre petite lorsque, la prenant dans ses bras, il déposait un baiser sur son beau front.

—Certainement, répondit le prince, car tu as meilleur cœur que toutes les autres; tu m'es plus dévouée, et tu ressembles à une jeune fille que j'ai vue un jour, mais que sans doute je ne reverrai jamais. Me trouvant sur un navire, qui fit naufrage, je fus poussé à terre par les vagues, près d'un couvent habité par

plusieurs jeunes filles. La plus jeune d'entre elles me trouva sur la côte et me sauva la vie, mais je ne la vis que deux fois. Jamais, dans le monde, je ne pourrai aimer une autre qu'elle; eh bien! tu lui ressembles, quelquefois même tu remplaces son image dans mon âme.

—Hélas! pensa la petite sirène, il ignore que c'est moi qui l'ai porté à travers les flots jusqu'au couvent pour le sauver. Il en aime une autre! Cependant cette jeune fille est enfermée dans un couvent, elle ne sort jamais; peut-être l'oubliera-t-il pour moi, pour moi qui l'aimerai et lui serai dévouée toute ma vie. »

« Le prince va épouser la charmante fille du roi voisin, dit on un jour; il équipe un superbe navire sous prétexte de rendre seulement visite au roi, mais la vérité est qu'il va épouser sa fille. »

Cela fit sourire la sirène, qui savait mieux que personne les pensées du prince, car il lui avait dit: « Puisque mes parents l'exigent, j'irai voir la belle princesse, mais jamais ils ne me forceront à la ramener pour en faire ma femme. Je ne puis l'aimer; elle ne ressemble pas, comme toi, à la jeune fille du couvent, et je préférerais t'épouser, toi, pauvre enfant trouvée, aux yeux si expressifs, malgré ton éternel silence. »

Le prince partit.

En parlant ainsi, il avait déposé un baiser sur sa longue chevelure.

« J'espère que tu ne crains pas la mer, mon enfant, » lui dit-il sur le navire qui les emportait.

Puis il lui parla des tempêtes et de la mer en fureur, des étranges poissons et de tout ce que les plongeurs trouvent au fond des eaux. Ces discours la faisaient sourire, car elle connaissait le fond de la mer mieux que personne assurément.

Au clair de la lune, lorsque les autres dormaient, assise sur le bord du vaisseau, elle plongeait ses regards dans la transparence de l'eau, et croyait apercevoir le château de son père, et sa vieille grand'mère les yeux fixés sur la carène. Une nuit, ses sœurs lui apparurent; elles la regardaient tristement et se tordaient les mains. La petite les appela par des signes, et s'efforça de leur faire entendre que tout allait bien; mais au même instant le mousse s'approcha, et elles disparurent en laissant croire au petit marin qu'il n'avait vu que l'écume de la mer.

Le lendemain, le navire entra dans le port de la ville où résidait le roi voisin. Toutes les cloches sonnèrent, la musique retentit du haut des tours, et les soldats se rangèrent sous leurs drapeaux flottants. Tous les jours ce n'étaient que fêtes, bals, soirées; mais la princesse n'était pas encore arrivée du couvent, où elle avait reçu une brillante éducation.

La petite sirène était bien curieuse de voir sa beauté: elle eut enfin cette satisfaction. Elle dut reconnaître que jamais elle n'avait vu une si belle figure, une peau si blanche et de grands yeux noirs si séduisants.

« C'est toi! s'écria le prince en l'apercevant, c'est toi qui m'as sauvé la vie sur la côte! » Et il serra dans ses bras sa fiancée rougissante, « C'est trop de bonheur! continua-t-il en se tournant vers la petite sirène. Mes vœux les plus ardents sont accomplis! Tu partageras ma félicité, car tu m'aimes mieux que tous les autres. »

L'enfant de la mer baisa la main du prince, bien qu'elle se sentît le cœur brisé.

Le jour de la noce de celui qu'elle aimait, elle devait mourir et se changer en écume.

La joie régnait partout; des hérauts annoncèrent les fiançailles dans toutes les rues au son des trompettes. Dans la grande église, une huile parfumée brûlait dans des lampes d'argent, les prêtres agitaient les encensoirs; les deux fiancés se donnèrent la main et reçurent la bénédiction de l'évêque. Habillée de soie et d'or, la petite sirène assistait à la cérémonie; mais elle ne pensait qu'à sa mort prochaine et à tout ce qu'elle avait perdu dans ce monde.

Le même soir, les deux jeunes époux s'embarquèrent au bruit des salves d'artillerie. Tous les pavillons flottaient, au milieu du vaisseau se dressait une tente royale d'or et de pourpre, où l'on avait préparé un magnifique lit de repos. Les voiles s'enflèrent, et le vaisseau glissa légèrement sur la mer limpide.

À l'approche de la nuit, on alluma des lampes de diverses couleurs, et les marins se mirent à danser joyeusement sur le pont. La petite sirène se rappela alors la soirée où, pour la première fois, elle avait vu le monde des hommes. Elle se mêla à la danse, légère comme une hirondelle, et elle se fit admirer comme un être surhumain. Mais il est impossible d'exprimer ce qui se passait dans son cœur; au milieu de la danse elle pensait à celui pour qui elle avait quitté sa famille et sa patrie, sacrifié sa voix merveilleuse et subi des tourments inouïs. Cette nuit était la dernière où elle respirait le même air que lui, où elle pouvait regarder la mer profonde et le ciel étoilé. Une nuit éternelle, une nuit sans rêve l'attendait, puisqu'elle n'avait pas une âme immortelle. Jusqu'à minuit la joie et la gaieté régnèrent autour d'elle; elle-même riait et dansait, la mort dans le cœur.

Enfin le prince et la princesse se retirèrent dans leur tente: tout devint silencieux, et le pilote resta seul debout devant le gouvernail. La petite sirène, appuyée sur ses bras blancs au bord du navire, regardait vers l'orient, du côté de l'aurore; elle savait que le premier rayon du soleil allait la tuer.

Soudain ses sœurs sortirent de la mer, aussi pâles qu'elle-même; leur longue chevelure ne flottait plus au vent, on l'avait coupée.

« Nous l'avons donnée à la sorcière, dirent-elles, pour qu'elle te vienne en aide et te sauve de la mort. Elle nous a donné un couteau bien affilé que voici. Avant le lever du soleil, il faut que tu l'enfonces dans le cœur du prince, et, lorsque son sang encore chaud tombera sur tes pieds, ils se joindront et se changeront en une queue de poisson. Tu redeviendras sirène; tu pourrasredescendre dans l'eau près de nous, et ce n'est qu'à l'âge de trois cents ans que tu disparaîtras en écume. Mais dépêche-toi! car avant le lever du soleil, il faut que l'un de vous deux meure. Tue-le, et reviens! Vois-tu cette raie rouge à l'horizon? Dans quelques minutes le soleil paraîtra, et tout sera fini pour toi! »

Puis, poussant un profond soupir, elles s'enfoncèrent dans les vagues.

La petite sirène écarta le rideau de la tente, et elle vit la jeune femme endormie, la tête appuyée sur la poitrine du prince. Elle s'approcha d'eux, s'inclina, et déposa un baiser sur le front de celui qu'elle avait tant aimé. Ensuite elle tourna ses regards vers l'aurore, qui luisait de plus en plus regarda alternativement le couteau tranchant et le prince qui prononçait en rêvant le nom de son épouse, leva l'arme d'une main trem-

blante, et… la lança loin dans les vagues. Là où tomba

le couteau, des gouttes de sang semblèrent rejaillir de

l'eau. La sirène jeta encore

un regard sur le prince,

et se précipita dans

la mer, où elle sentit son

corps se dissoudre en écume.

En ce moment, le soleil sortit des flots; ses rayons

doux et bienfaisants tombaient sur l'écume froide,

et la petite sirène ne se sentait pas morte; elle vit le

soleil brillant, les nuages de pourpre, et au-dessus

d'elle flottaient mille créatures transparentes et cé-
lestes. Leurs voix formaient une mélodie ravissante,
mais si subtile, que nulle oreille humaine ne pouvait
l'entendre, comme nul œil humain ne pouvait voir
ces créatures. L'enfant de la mer s'aperçut qu'elle avait
un corps semblable aux leurs, et qui se dégageait peu
à peu de l'écume.

« Où suis-je? demanda-t-elle avec une voix dont
aucune musique ne peut donner l'idée.

—Chez les filles de l'air, répondirent les autres.
La sirène n'a point d'âme immortelle, et elle ne peut
en acquérir une que par l'amour d'un homme; sa vie
éternelle dépend d'un pouvoir étranger. Comme la
sirène, les filles de l'air n'ont pas une âme immortelle,
mais elles peuvent en gagner une par leurs bonnes actions. Nous volons dans les pays chauds, où l'air pes-

tilentiel tue les hommes, pour y ramener la fraîcheur;

nous répandons dans l'atmosphère le parfum des fleu-

rs; partout où nous passons, nous apportons des sec-

ours et nous ramenons la santé. Lorsque nous avons

fait le bien pendant trois cents ans, nous recevons une

âme immortelle, afin de participer à l'éternelle félicité

des hommes. Pauvre petite sirène, tu as fait de tout

ton cœur les mêmes efforts que nous; comme nous

tu as souffert, et, sortie victorieuse de tes épreuves, tu t'es élevée jusqu'au monde des esprits de l'air, où il ne dépend que de toi de gagner une âme immortelle par tes bonnes actions. »

Et la petite sirène, élevant ses bras vers le ciel, versa des larmes pour la première fois. Les accents de la gaieté se firent entendre de nouveau sur le navire; mais elle vit le prince et sa belle épouse regarder fixement avec mélancolie l'écume bouillonnante, comme s'ils savaient qu'elle s'était précipitée dans les flots. Invisible, elle embrassa la femme du prince, jeta un sourire à l'époux, puis monta avec les autres enfants de l'air sur un nuage rose qui s'éleva dans le ciel.

www.ingramcontent.com/pod-product-compliance
Lightning Source LLC
Chambersburg PA
CBHW071346130626
46556CB00005B/2056

* 9 7 8 0 6 9 2 2 5 4 2 0 2 *